KB060245

청어詩人選 368

기적소리 멀어지면 다 섬이다

김주호 시집

도서출판 청어

기적소리 멀어지면
다 섬이다

김주호 시집

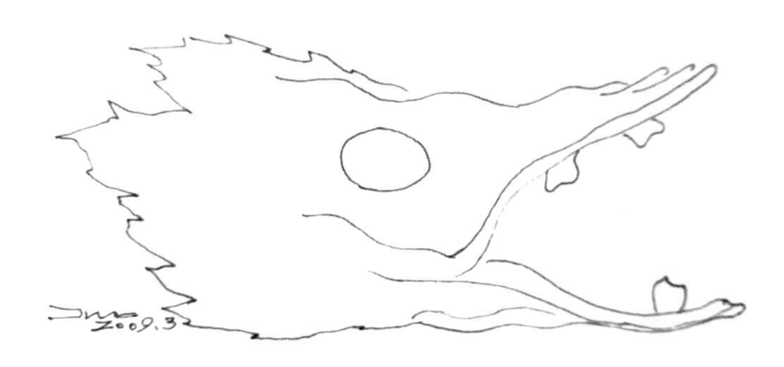

시인의 말

그날의 무슨, 무슨 꽃
흐드러지게 피었다가
미친바람에 떠내려갔는지는
기억으로다가 다 담을 수 없겠으나 척박한 곳에서
먹먹한 기적 소리 한 소절 귀담아 듣고는 손끝이 붉도록
시詩를 써오긴 했는데
맥수지탄麥秀之嘆이라고, 시詩는 망亡해가도
들판에 보리 싹만은 쑥쑥 자란다.
행幸인지, 불행不幸인지 어린 가슴에
서해西海 수평선 같은 철로가
가로 놓여지면서 어디로든 떠날 수 있었다.
58km!

괴 소문은 그 수평선을 가로 그은 이들이 감옥에

죄수들이었다는,

당시, 제 5지단, 4,943명의

국토건설 단원 분들께

감사를 드립니다.

—庚子年 정월 스무날에

차례

2부 빙열소리

3부 바람도둑

4부 기적소리 멀어지면 다 섬이다

기적소리
멀어지면
다 섬이다

1부

누런 뼈 소리

불 좀 빌립시다
어두워서
얼굴을 모르지만
온몸이 따뜻하다
나도 언젠가는 저 사람에게
불 붙여 줄 날 머잖아 있다

0

들여다보지 마세요

저 지금 똥 눕니다

별똥 별

우산 도둑

비 그친 뒤 일이라

그 아무도 모른다

어깨 위에 짐 꿰어 가듯

땅에 질질 끌려가듯

멀쩡한 두 눈 감고

더듬더듬

金선장의 妻

육지서 사탕 하나 빨아본 적 없는 金선장
슬픔 빤히 보이는 東海말고
자신을 슥슥 지워주는 西海로 갔다
金선장 木浦 부둣가서 주먹말고
선들선들 부는 사람 냄새로 뱃놈들 이겨 먹었다
本心보다 강한 게 어딨어?
金선장 날마다 지우개 같은 수평선에 걸어 앉아

어머니!…

엄마!…

부르짖느라

전어,
갈치,
고등어,

고기떼 놓친 게 한두 번이 아니다
金선장 이름으로 된 통장 殘高(잔고)로 만, 몇 천 원이 전부다
女子는 그 통장 殘高(잔고)로 金선장을 사랑하게 되었다

*대승호 103호 선장: 김중호

視線(시선)

벽에 붙은

파리

죽는 시늉

가라!

영원히 방황하다

女子의 속눈썹에

걸린

午後의 시간

wink!

등가시

한밤중에 못 견뎌서 일어났다

어느 팔이 가깝나 등 너머로 가서
긁었다

길지도 짧지도 않은 7월

어머님 돌아가신 햇수가 몇 해짼가

내 나이를 알고는 뭉개듯

드러누웠다

빈 방

主人에게

값을 치르지 않은 房이다

유서 한 장 없는 빈 房이다

밖에 바람소리

밖에 빗소리

가득한 房이다

달포 가량

뱃놈 기다리는 房이다

눈 밖에 상처

노름꾼이 감아 쥔

貝(패)!

달

貧者(빈자)의 주머니

안주머니도 뒷주머니도

脫(탈)!

脫(탈)!

중은

빈자의 주머니를 몹시 부러워한다

돌아가서

한, 석 달 치

썩힐

번뇌란다

감성

손에 색깔이

묻지 않으면

……

나는 왜 사나

오후의 壁(벽)

가물거리는 줄기로

피고지고 피고지고

몇 해 전인가 모르겠어요

벽에 기대어 기운이 없네요

꽃도 시들고

오후도 시들고

벽이 굵힙니다

그림자 花

누군가 무심히 밟고 가는

장미송이

손 시려워

꺾어질 뜻 없어라

문고리

밖에서 돌아본 당신

문고리 차갑지 않은가요

당신 기다리는 마음

문풍지는

파르르 웁니다

손 끝이 쩍 붙네요

부디

밭 가오리

씀바귀가
人生의 쓴맛이면

그 세월 지나온
어느 人生이

겨울 햇살 아래
조반 들기 前,

노오란 콩잎을

한 장,
젓가락질하여

눈우로 놓고 보면

册갈피 속
낙엽 같기도 하고

잠자리 날개 같은
그 잎사귀로

찬밥 싸서 먹는 맛이란 게
혀 꺼끌꺼끌한 것이

꼭, 미련 같은 맛이다

고시래 술

윗 논 물꼬 터서

물을 대니

이런 무릉도원을 봤나

白鷺(백로) 날고
소금장수

구름 소금 싣고

파란 벼포기 사이사이를 지나는구나

아낙은 즐거이 술을 따르고
술벗으로 소금장수 불러다가

고시래 술 한잔
가득 넘치게 권하네

異 他(이 타)

꽃이 피는 데는 다른 무엇이
다가와 속삭이는데
그다지 이롭지 않은
시기심이 괴롭힌다
바람이라고도 하고
빗소리라고도 하는데
스치는 눈들이라 하기도 한다
꽃 피기까지 온갖 설움
한 번쯤 생각해 볼
이 가을에 꽃을 두고
속죄하네

백수의 고백

모기와 새우깡 그리고 뉴우스

그리고 뉴우스와 파리와 새우깡

파리와 그리고 뉴우스와 모기

친애하는 국민 여러분

그때 소줏값이 젤 쌌다

담배 예찬

불 좀 빌립시다
어두워서
얼굴을 모르지만
온몸이 따뜻하다
나도 언젠가는 저 사람에게
불 붙여 줄 날 머잖아 있다

눈으로 읽는 夕刊

男子는 물감을 쥐어짠다
男子의 色에 빠져나온
女子
못생긴 발톱에
매니큐어 色
고르는 중
이번엔
야하게 하자

나의 가시

나 찌르는 가시
끝이 뾰족하지만
허공을 찌르지 않아
얼마나 다행인지

피 흘립니다

부둣가 다방

낮엔 다방
밤엔 노름방
부둣가 다방에
키 큰 갈꽃 꺾이듯
西風 불어 제낀다
화투판에 활짝 핀
매조꽃,
사쿠라꽃,
난초꽃,
목단꽃,
국화꽃,
맥없이 쓰러져도
코스모스~
한들한들~
김상희 LP판 중간 중간에
뱃고동소리 들어온다

苦(고)

길에서 하찮은 것 죽여봤다
저만치 왔는데도 그 하찮은 것이
빨리 죽지를 못해 흙먼지 뿌옇다

香谷, 淸凉山人(향곡, 청량산인)

꼭대기는 늘 푸르다 하나
그것도 틀린 말
밖의 일 모르쇠요
해코지 없는 山中에
뒤통수만 서너 줄 긁는다
번뇌 쓰다고
퉷퉷 뱉는데
그것마저 없으면
푸르름도 긁힌다

곽 성냥

이젠,

어린놈까지 긁어대고

女子마저 긁어댄다

사내는 몇 해 전

四方을

득득 긁어대더니

화려한

불꽃이 없자

그 길로

집을 나가버렸다

후림 비둘기

나는 어떤 새일까
오갈 데 없는 나를 끌고서

酒幕(주막)엘 갔더니

하필, 어지간히들
취한 델 끼어들어

무슨 무슨
얄궂은 말 섞어

서리꽃 같은
酌婦(작부) 데리고

강 건너는데

웬 사내가

붉은 손전등을
휘두루면서

어두운 하늘로
흐르는
강물속으로

비추며
절규한다

아!…

비로소
알았네

내가 바로 친구를
꽤어내는

후림 비둘기란
것을…

아람치

사사로움을 告白한다
개망초꽃 흐드러진 봄날
뒤따라 걷던 女人
주저앉아
노란 陽傘(양산)
가슴 아래 두고
나보고
돌아보지 마시고

가시는 길 가세요

떨꺽마루

비좁은 델 살아나왔으니
제 아무리
無量(무량)한들
떨꺽,
떨꺽,
뒷소리 달고 사는데
시치미 뚝!
떼는 곳이
두 눈 매운 연기 속인가

돌아앉은 등인가…

무짓

돌이 짓누르진 않아
돌보다 바람이 무거워라
바람보다 돌보다 전해져 내려온 얘기
더 무거워라

*시인이 만든 언어. 무거음을 뜻함.

가을

긴 빨랫줄에
가을

꽃물 빠지더니

잎이
바스락

老妄(노망)

환(明)한 세상이다가
컴컴하게 해 빠지면
노망으로 자꾸 왼다
너 벌(罪) 받는다
너 벌(罪) 받는다
八甲(팔갑)며느리
시엄니 구정물 치운 손으로
알등은 대낮같이 밝혀 거네

*80세 며느리 이광순

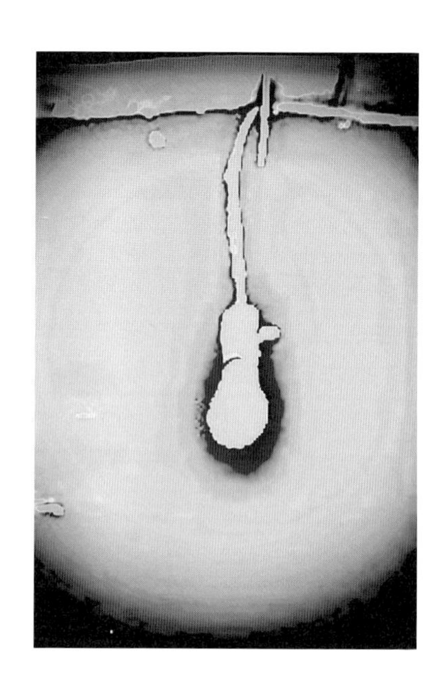

삼각모형

언제 적일인지 모르는 일을
궁금해 할 필요는 없다
사람들은 둥근 것을 저마다
가슴에 넣고 다닌 걸로 안다마는
그게 그렇게 쉽던가
언제 적일인지 몰라도
둥근 것은 아무래도 조물주 것으로
가슴속 숨카두기 벅차나
그보다 크게 모서릴 깎은
삼각은 人間을 닮지 않았나
깎이고 씻기는 걸
죽는 날까지 하며 사는 우리네 삶 아닌가
모서리가 가슴 찌를 적에는
養心을 저버린 그즈음이다

누런 뼈 소리

산길에 주운 뼈는

날며

지저귀는데

걸어가는

누런 뼈는

왜 우나

2부

빙열소리

엄마 등에서
꽃 꺾어 쥔 아이
빨갛게 물들었드랬다
두 눈 비빈
콧등 문지른
꽃등

處處(처처)에…

돌계단에서 듣는

한숨

올라설까

내려갈까

청춘일기

한쪽으로 문 銀河水(은하수)는
희뿌연 연기로
찡그린 반대쪽에서
눈물이 주룩 흐른다
몇 번 뒹굴다 가버린
추억은 훈장처럼
가슴에 남아 아주 가끔 술안주로
두어 병 비운다
흐릿하게
손짓하는 과거다
그런 날에는
꼭 노래가 있다
남의 속도 모르고
앵콜이란다

頓悟頓修(돈오돈수)

더럽다며
손 끝으로 내친
똥파리가 허공을 쏘다니니
僧(중)이 파리채 들고 따라다니네
喝(갈)!

바람난 년

수탉은 다리를 들었다 놨다
파다한 소문은 十里 길

옆 사람과 나

얼굴 반쪽 밖에 못 봤네
주름진 이마에서
여불떼기로 툭 삐져나온
광대뼈와
하관이 쪼옥 빨려
人中은 패이고
듬성듬성한 턱수염은
西海 갯벌에 박힌
허연 말뚝같이 꾹 다문 입술은
辱(욕)으로 비비고 사느라

푸르딩딩

탈색 해 버린 채로다
나머지 반쪽은
窓에서 흘겨보았네

아파요

손톱 밑에 가시더니
골짜기엔 꽃이어요

아귀다툼

어느 해인가 밖이 참 시끄러웠다
보살할미가 쓸고 닦는
조그만 庵子(암자)
작은 연못에
긴 가뭄으로 연못가로 나온
어른 팔뚝만 한 잉어를 두고

白鷺(백로)와 까마귀가
엉겨서 싸우는데

까마귀는 그렇다 쳐도
긴 부리 막대기 삼아

휘두르며

빨간 눈알을 부라리는
白鷺(백로)의 꼴이란

그 고고한 白衣(백의)는

또, 발아래 가둔
잉어의 거친, 몸부림으로

시커먼 뻘 흙이

四方 튀면서
까마귀보다 더 숭한 모습이더란다
보살할미
혀 차대며 하는 말이

人間이나, 그기나

맹 한가지데예

*칠곡군 북삼면, 若水庵(약수암)에서

契主(계주)

곗돈 가지고 튄 女子
역전 뒤 사글셋방에서
등 돌린 사내 끌어안고
풍선껌
딱딱 씹는다
파리똥 天障(천장)이 울린다

人間 변명

뭐라 변명해야 하나
눈 위에
흑싸리 껍데기 몇 장
뿌려졌구나

인간아

인간아

脫覺(탈각)

낮이 初(초), 分(분)으로 토막토막 잘려서 밤으로 가는 과정이나
갯지렁이가 滿朝(만조)로 짠 바닷물에 잠길 처지나
얼음장 아래 魚, 그걸 들다보는 백로의 벌건 눈알이나

돌아 눕거나

1000m 지하 갱도로 다시 내려가거나

눈 한 번 감고 날아가거나

겨울 꽃가지 꺾지 말아요

꽃이 툭 떨어지네

삭정가지 꺾지 말고
그대로 두어요
눈이,
바람이,
꺾지 않아요
시퍼렇게 멍든 후에
다시 피어요

그림자와 다투다

항상 나보다 먼저 앞서길 좋아하고
말은 씨가 말랐다
단 한번도 떨어져 본 적이 없지만
다정히 팔짱 껴 본 적 없고
왜 그런지 정나미 들지 않아
손사래 치며 걷는다
어떨 때는 골려 줄 맘으로
걸음을 멈추어 서서는
한쪽 다릴 들었다 놨다
약 올려 보기도 하지만
되레,
戱弄(희롱)만 당하고 마네

五月, 엄마 등

꽃송이가 함박눈 같이 피었드랬다
엄마 등에서
꽃 꺾어 쥔 아이
빨갛게 물들었드랬다
두 눈 비빈
콧등 문지른
꽃등

丹楓(단풍)

떠도는 시간으로 물들었다
나그네도 떠돌며 물들었다

꽁초 꽃

외로운 사람은
밤새 그 꽃 피우며
천장 올려다 보기도 하고
거리에 고독한 이
모퉁이 돌지 못하고
가로등 아래서
빨갛게 꽃 피운다
女子는
잎
하얗게 턴다

나의 악보

내 울음소리 샵(#)
더더블로 이어져 엄마 자궁에서 나왔다
엄마 저세상 가시는 날
엄마 흔들며 플랫(b) 더더블로 울었다

*2021. 1. 1. 0시에 쓰다

淸凉寺(청량사), 風磬(풍경)소리

僧

고개 돌려
딴소리 하던데

난들 아나

눈먼 사람

그 소리
虛空인 줄 알고

귀 먼 이

가로 젓고
고개 수구린다

刺繡(자수)

生을 모르는
알록달록 피운 저녁
花木은 바늘귀에 들어가서
눈물로 깁는 還生(환생)으로
휘었네
누이는 붉은 입술 깨물어
수놓음으로

새여

나비야

물 속

너는 참으로 흐르기를
멈추질 않네

좀 솟구친 바위에

걸터앉았다가
가질 않고

쉼도 없이 흐르니

구름마저 흐르네
그 속이 하도 궁금하여

들여다봤더니 울더구나

꽃잎 띄워

속울음 울더구나

花鬪(화투)

어느 사람은 섯다를 잘하고
또 어느 놈은 뻥을 잘 친다
그 바닥에 어른 없는 걸 알지만
돈 잃으면 그게 또 시비가 된다
네 애비한테 말 놓는다

理想世界(이상세계)

화살표가 땅에 떨어지자마자
꼽혀서 파르르 떤다
결국에는
속도가 무의미해지고야 말았다
드디어 모래城이 무너지고
개미귀신이 나타나다

내 마음의 煙燈(연등)

바늘이 석 짐

버릴 곳은 어딥니까

버릴 곳은 어딥니까

(佛國寺 마당에서)

門

헐거운 것이 바람 때문이라고 들어왔다
돌쩌기는 문고릴 탓하고
문은 돌쩌기 탓을 하며
문턱에서 털석 주저앉는다
主人이나,
문짝이나,
돌쩌기나,
문고리나,
바람에 헐거워졌다고들 하는데
나는 일찍이 그 소릴 듣고 자랐다

껍데기 美學

허물을 가시에 걸어두고 날갯짓

등

등은 똥장군을 지지만
가슴은 멀리 달아난다네
이 사실을 쓴 經典(경전)은
그 어디에도 찾을 수 없다
굽은 등에서 그것을 봤다면
더 이상 헛걸음 마시라

허연 詩

그게 그거였지 싶습니다
좀 낡은 사내가
비 오는 처마 밑에
반 접고 앉아
헐렁한 잇새로 흘리는
담배연기 용케도 젖질 않고
허옇게 피어오르는
詩
비슷한 것을 보기는 봤드랬습니다

생각

떠올랐거나

잠겼었거나

*비 내리는 南海에서

등지는 소리

別離(별리)로 등지는 소리는
써억,
돌아앉는 소리다

歲月(세월) 등지는 소리는
벼루빡에서
쫘악 찢어지는 소리다

내리 퍼붓는 비
등지는 소리는

뚝!
뚝!

杖鼓(장고)

덩더~궁!

그녀는
설장구를 잘 쳤다

그런 그녀에게

杖鼓를
배운답시고

덩더~궁!

이날 이때꺼정
杖鼓는 못 치고

먼지만
부옇게 뒤집어쓴 채

두근대는
심장 박동같이

'기닥'

장단만
겨우 남아

기닥,
기닥,

아!

그기,
세월 가는

장단이었나…

*꽃비 내리는, 鳳停寺 雨花樓에서

氷裂(빙열) 소리

한,
季節(계절)이 가야 할 때도

白磁(백자) 달항아리 식어가며
誕生(탄생)할 때에도

빈 그릇에 아우성도

다,
금이 가는 소리이다

3부

바람도둑

여자와 낙엽은 질퍽하게 문질러 대야
그 형체 알 수가 있다고 넌지시
귀띔해주었다

한재수의 땅

푸줏간에 딸린 골방 영학이 방을
노름쟁이들이 겨우내 엉덩이 지져대며 산다
그 노름판에는 해마다 한재수 땅 문서가
등장하는데 소출은 없으면서
진천피에다가 질경이로 여름 내내
죽도록 고생만 시키는 무논
그걸 내놓으면서 외눈으로
두장무이 화투장 쪼으는 한재수
누가 한재수 땅 문서 가져가도
이듬해에 보면 그 무논엔 한재수 말고는 없다
한 손엔 진천피 또 다른 손엔 질경이

大谷寺, 多層塔(대곡사, 다층탑)

깨알로 울은 흔적
하나,
둘,
못난 돌멩이로
까맣게 탄 꽃
내 타락한 날개로
잠시 널 보듬으며
바람이라고 말했지

날 불러

날 불러 가쁜 숨이네
순이의 告白이 그러했네

날 불러 깨문 입술
동구 밖 봄이 그러했네

皐復(고복)

가벼워서일까 제멋대로다 뚫지 못한 벽에
부딪힌 것 外엔
한, 八割(팔할)은 쓰잘데기 없는
시끌벅적한 소리로
虛空(허공) 닿은 지붕에서
招魂(초혼)으로

윙 윙~

소리 내어 울며
처마 끝 짚 이엉 훌떡 뒤집어 놓고선
산 너머로 사라진 바람을
내 나이만큼 기억하고 있다
그때 그 여운이 그대로여서일까
돌아누워 귀 밖으로 흘려 들었던
亡者의 소리
옷 보시오, 옷 보시오, 옷 보시오

指(지)

길맛가지에 맺힌 푸른 물이 문제로다
지나가는 눈알들이 야단법석이니
業報(업보)라
돌아가는 길에
빈 가지는 꺾여
이눔, 저년,
가슴 쿡쿡 찌르네

木魚

물고기 밖으로 나가지 않으려고
무거운 돌덩일 꿀꺽 삼킨다
뱉은 놈은 虛空!

汽車(기차), 칸 數(수) 세기

고 놈 고추 이쁘게 생겼다
흉 모르던 때 기차가 窟(굴)머리로 들 때에
고 놈 고추 달랑 내놓고
한놈, 두식이, 석삼… 너구리…
오징어, 육군, 칠갱이, 팔갱이, 구구……
그 놈 고추 이상하게 생겨
기차가 窟(굴)머리로 들 때에
서 있질 못하고 물속에 잠겨
아따, 곱배 마이 달았네이~

秋月

긴 가지에 걸려
푸르게 붉다가
부러지듯 하애라

내 마음의 가을은

아침에 눈 떠서 좀 멍하다 싶으면
그것이 가을이다

어제의 일들 스치듯 하면
단풍 온 거다

골목에 발자국 소리
점점 멀어지면

문틈에 벌레소리
가까우면

그것이 가을이다

사랑할 수 있으면
좋으련만

쓸쓸한 그 마음도

이미 단풍 온거다

花夢(화몽)

벽에 걸린 쪽진
肖像畵(초상화)
꽃이라더니

후훗

입바람

크게 불어야

메케한 꽃

볼 수 있네

영잎진 人生

휑한 들판에

덩그러니 남아서
서리도 맞았구요

누구의 뾰족한

발길 채인 데는
짓물은 지 꽤 됐습니다

어쩝니까
버텨보는 수밖에요

혹 압니까

영잎 진 거 걷어내고

뜨거운 밥상에 오를지요

길

길 우에서 서 너 푼 돈
돌려받기도 했고

길 잃어
울기도 했다

어느 빗진 날은

틀어 쥔 멱살이
핏빛 노을이야

길 그래서

터벅터벅

물들어야

봄비… 나그네

邑內서 십여 리 길 銀河水 물고서
봄비 젖으며 봄비 노래도 불러제꼈다
청춘은 취했다
어디서 역겨운 술 냄새
확, 풍겨오기 전까지 내 청춘만 괴롭고
쓸쓸한 줄 알았네
6·25 이후 길 위에 선 나그네 김氏
살 부러진 雨傘
옆구리에 끼고서
비가 오나
눈이 오나
십여 리 길만 오고 간 사람
봄비 내리는 그 밤
향긋한 因緣!
어두워 볼 순 없었다

詩를 쓰다

恨 맺힌 가지

雪 털며

紅!

詩를 쓰다

샤랄라치마

빈 널이 여 남의 個가 누워 있는
邑內, 오 서방네 장의사 집을
꽃무늬 샤랄라치마
한 쌍으로 해 입은
팔수마누라와 윤칠이妻
그리고 못 보던 女子 둘이가
시퍼런 배추전을 쫙쫙 찢어먹고는
손아귀에서 화투목을 착착 쳐댄다
오 서방, 마누라 죽고
한 달 보름 만에 우울한 房
女子들로 꽉 들어찼다
드물게라도 빈 널이 팔려 나가줘야
이 幸福(행복) 이어질 텐데
허벅지서 자꾸만 흘러내리는
샤랄라치마 더 보겠는데

저것들도 썩어

밤중도 깊이 썩는 중이다
鐘도 썩어 문드러지고
목소리도 썩어간다
雨!
보나마나 저것들도
주룩주룩 썩는다

순이네 할배

저승꽃 핀
순이네 할배

더 피어서

어델 자꾸
걷는 길에

연분홍 꽃 비 만나

꽃대만 더
휘었네

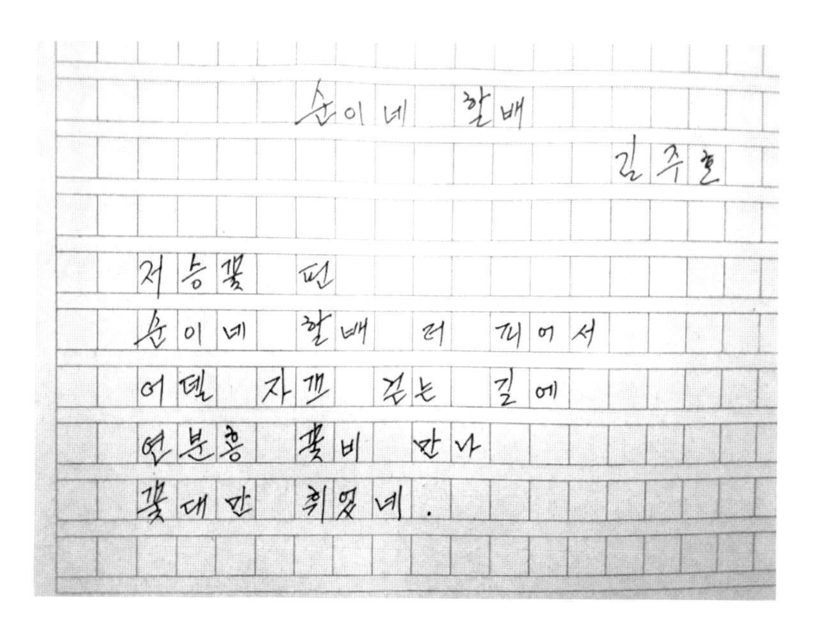

순이네 할배

길주호

저승꽃 핀
순이네 할배 러 끼어서
어델 자꼬 걷는 길에
연분홍 꽃비 만나
꽃대만 휘었네.

벽에

누군가가 다녀간 흔적이 엿 보인다

그 女子의 바람

女子가
정든 부엌으로 다시 들어가
냄비와 은수저 한 벌까지 챙겨
버스로 두 정거장 거리의
사내에게 살러 갔네
엄지발톱이 길쭉한 사내는
덜 반가운 표정으로
냄비를 툭 건드린다

孤山亭 記(고산정 기)

연분홍 치마 끌며
앞서 걷는 女人
괜히 뒤돌아보며 시샘한다
다른 女人도 데려왔겠어요
고개 돌린 이
서둘러 연분홍 불길 끄느라고
참꽃
여러 帶(대) 꺾으며
數차례

아닐세

아닐세

足反居上(족반거상)

上,
하는 일이

남 비위나 맞추길
좋아하여

더러운 발 씻고

上을 下로 두고

보라!
그 上에
그 下의

열 발가락
까딱까딱

거드름 피운다

배암의 歸鄕(귀향)

돌아갈 때다

봄서부터
이러고

수풀 속 휘젓고
다니느라

윤기가
반지르르허다

오늘 낮에는

트림으로 나온
개구리 뒷발을

뱉어 버렸다

歸鄕은
서글픈 일

돌아갈 곳은

소문난
돌무덤이라

그곳을
지나가자면

색깔 좋은 몸

살이 패이고
뼈가 으스러진다

흰 눈 와도

끙끙 앓으며
지내야 한다

한 겨울 내내

울어야만
산다

울어야 산다

바람 도둑

도둑이야!

얼굴 가린
검정 봉지

바람 훔쳐
담장 넘네

*구미 송정동 골목에서

나그네 다방

한,
마흔은 되어 보인다

누가 길손인지
누가 主人인가는
중요하지 않다
그녀는 언제 적부터
구름을 보고 있고
나는
빨갛게 입에 문
그녀의 銀河水 담배
꺼지지 않게
두 손 모아
불 붙여 주고는

나대로 나왔다

아! 가을…

이런 일도 있네
가을 햇살 아래
알록달록한
내 삶
이러다가
정말
이러면
빈 잉크병에 꽂힌
Quil pen으로
단 한 줄의 詩도
못 쓰고
흰 뼈로만 삭겠네

아! 가을…

에라이

어린 내가 마루 끝머리에 나앉아
술꾼 아비
담배 몇 까치 빌려
빽빽 피워대고 있으니
나 보기에도 한 없이 처량 맞은 비가
처마에 落水로 떨어지는데
그 중
어떤 落水는 나를 힐끗 쳐다보더니
에라이,
그날은 마당을
한 발짝도 내려서질 못 하였더랬다

번뇌 草

하이얀 진눈깨비 벽사화로 날아드는

초사한 벽에 기대어 기대어

까맣게 천장 그슬은 건 흔들린

하이얀 마음이었어요

타다가 타다가

한 줌 재 되고 말았지만

꽃닢처럼 실컷 그리워 하였지요

사북다방

창가에서 박새같이 생긴
미스 丁이
시커먼 사내에게 묻고 또 묻는다
참말로 지 맘 알아예
가스나 몇 번 묻노
그나저나 요, 앞 전방에
노가리 뜯으며
다리 떨어대는 놈
조심하그래이 맨 땅 우에
저리 돌아다니는 놈
함부러 정 줬다간
니 신세 망친다 알긋나
알았으예
오라버니 맘처럼 地下坑道(지하갱도)
1000m는 돼야 지 맘 주지예
가스나

프로타주(frottage)

여자와 낙엽은 질퍽하게 문질러 대야
그 형체 알 수가 있다고 넌지시
귀띔해주었다
아! 괴롭지만 괴로워도
실컷,
문지르고 싶은 女子

4부

기적소리 멀어지면
다 섬이다

기적이 운다
그 여자와 헤어짐도
운명이라 말할 수 있을까

私娼街(사창가)

그 사람 어디서 왔는가는 뭐 궁금해
부처의 제자일 수 있고
공자의 제자일 수도 있다
걸음이 참 중요하다
이 순간 걸음은 肉(육)이다
肉(육)의 길이라고 欲(욕)하는가
그 길도 한번쯤 간다
타락으로 싸잡을 인간은 탈락!
순결로 치면 그를 기다리는
창녀가 밤마다 가진다
쏟고 쏟아 마구 버리고는
뒤돌아 보지 않는 당신의 길
깨끗이 치워준다
순결을 잃은 저 인간
누가 부축해주나

나비 涅槃(열반)

生涯(생애)가 두 겹

연꽃 위에 合掌(합장)

고무신

발가락에 걸어
공중으로 날렸고
낡으면 엿 바꿨다
질질 끌며
노랫가락도 섞었드랬다
이 누무것은 누가 신은 들
때 묻고
하얘서 밤중에는
도둑도 맞는다

下流(하류)

뭘 몰라 그렇지
뭘 좀 아는 나이 되면
흐르는 것에
눈물 쏟으리라
뭘 알았겠나
뭘 몰랐으니
한참을 우는 게지

page 속 女子

기차가 延着(연착) 되어서다
page. 3
여자는 침실에서 빠져나와
곧장 벌거벗은 몸으로
샤워기에 물줄기 세차게 맞으며
거품질 한다
page. 17
여자는 한 손엔
에스프레소 커피를 들고서
계단을 내려와
차에 올라타서는
한쪽으로 기울어진
백미러를 바로 하더니
어색하게 눈인사 건넨다
page. 28
기적이 운다
그 여자와 헤어짐도
운명이라 말할 수 있을까
page. 32

기차는 떠났다
이제 잊을 수 없게 되었다
여자의 왼쪽 어깨 아래
수두자국 위 까만 점 하나

모멸감

까마귀

들여다보는

찬물에

낮달

나쁜 뜻

나를 동그랗게 보는 女子

나는

나는

동그랗지가 않네

수수밭

저고리 동정 누런 청상과부
초승달,
그믐달,
보름달,
자꾸만 덧나게 떠오르네
도망간 방에까지
따라 들어와
곁에 눕네
청상과부
집 앞 수수밭으로 숨네
그 속에서 더러 보네
뒷집 머슴

숫자들의 싸움

日前(일전)에 1, 2, 3이 어디로
날일을 갔다가 비 오는 바람에
애매하게 받은 반나절의
품삯을 셋이 나누다가
대판으로 싸운 적 있더니
이번엔, 12, 18이 싸우는데
예쁘장하게 생긴, 26을 두고 義(의)가 상하게
멱살이를 하며 싸운다
보다 못한 酒母(주모)가 그 둘을
말리면서 하는 말
"이것들아 여자가 그뿐이더냐
나이 좀 들어 그렇지,
36도 있고, 마흔 여섯이믄 어떠냐!"
그때 이후로 둘은 만나기만 하면
12(시비)를 걸고 18(십팔), 18(십팔)
欲(욕)을 해댄다

nihil(無)

無서리에
無뽑아
無껍질 벗겨
無심히 먹으니
無痛(통)으로
방귀 뀐다
오!
향기로운
無香이여

누워 봤나

말도 마라
꺼치 같은 불 꺼진 집에
한 번이라도 누워 봤나
그나마 벽 기대듯이
돌아 누우면 그만이나
어딜 갔다가
꺼치 같은 내 집
찾아온다고
달두들 재 넘고 넘어
산비알 쳐다보면 다른 집은
환한게 銀河水(은하수)여
외딴 내 집만이
컴컴한 게
들어가기 싫어
눕기 싫어

*영양군 달두들 재

저각구기

새벽이 와도 눈 뜰 수 없다
번잡한 일상이 와도
함부로 눈 뜰 수 없다
아직은 연두색 잎사귀에 얹혀
꿈 꾸며
오물오물 먹어야 해
잎 없으면
떡갈나무 껍질도
먹을 수 있어
놀라긴
幼蟲(유충)의 주둥이라고
너 몰랐구나
겨울 지나
봄에 봐

부지깽이

꾸벅꾸벅 졸다가
불 붙어 끄면서 생긴 끄트머리로
그리운 이름 시커멓게 쓰기도 하고
깨 터는데 거들며
후려 패기도 하다가
저녁에는 한번 더 아궁이 속을
들락거려야 한다
그 하루 온전히 겪고 나면
하루 사이에 겪은 일 중
가장 슬픈 일은
아침마다 月謝金(월사금) 조르는 자식
내쫓아 보낼 때다
자식 몰래 땅을 친다

낫

수풀만 헤집던 낫이
바람벽에 걸려있네
이빨 빠진 것이
누런 잇몸으로 봄까지 웃기게 생겼다
낫이나, 뭣이나,
그 한가로운 것에 바람이 나서
女子에게 끌려온 사내
낫을 들고서는 바지춤 속을 뒤져
'어이'를 잡고서 막, 낫질할 참에
女子는 또 속고 마네
와, 가만히 있는 그기, 뭐라카드나!
마당가에 드러누운 낫이
입 가리고 허옇게 웃네

여류시인

비단 소매 걷고서

빼곡히 수놓은

詩

아이가 철이 없어

길바닥에

주저앉아 운다

밥풀떼기

싹싹 긁어 먹어라

그 하나에
千(천) 귀신 붙은 거여

어느 화장장 근처
친정
올케 시누이 섞여

밥을 먹는다

실룩거리는 시누이
볼살에
밥풀떼기 올라붙어

영락없는 귀신 춤 추네

친정 조카 놈이

눈앞에서

버르장머리 없는

손짓

삿대질이라

이런, 싸가지 하며

싸대기 올려 붙였다

밥그릇에 붙은

밥풀떼기 떼어 먹던

그 어미가

그걸 봤네

*입안으로 귀신 들어간다

무참한 빗소리

둥둥 떠 있기나 하지
무참한 빗소리는
水心에 파고드네
술전갱이 턱 괴고
가라지도 턱 괴고
세상 밖보다
더 촘촘한 가슴뼈들이
무참한 빗소릴 듣네

간이역

기적소리 멀어지면 다 섬이다

(故鄕, 眉山, 簡易驛 고향, 미산, 간이역)

기적소리 멀어지면 다 섬이다

김주호 지음

발 행 처 · 도서출판 청어
발 행 인 · 이영철
영　　업 · 이동호
홍　　보 · 천성래
기　　획 · 남기환
편　　집 · 방세화
디 자 인 · 이수빈 | 김영은
제작이사 · 공병한
인　　쇄 · 두리터

등　　록 · 1999년 5월 3일
(제321-3210000251001999000063호)

1판 1쇄 발행 · 2022년 12월 15일

주소 · 서울특별시 서초구 남부순환로 364길 8-15 동일빌딩 2층
대표전화 · 02-586-0477
팩시밀리 · 0303-0942-0478

홈페이지 · www.chungeobook.com
E-mail · ppi20@hanmail.net
ISBN · 979-11-6855-109-1(03810)